www.ingramcontent.com/pod-product-compliance
Lightning Source LLC
LaVergne TN
LVHW010101061026
849532LV00005BA/1880
9789358728392

شیخ سعدی کی کہانیاں

(حصہ: 4)

مرتبہ:

اعجاز عبید

Shaikh Saa'dii ki KahaniyaaN : Part-4
by: Aijaz Ubaid
Edition: April '2024
Publisher :
Taemeer Publications LLC (Michigan, USA / Hyderabad, India)

ISBN 978-93-5872-839-2

کتاب	:	**شیخ سعدی کی کہانیاں** (حصہ:4)
جمع، ترتیب و تدوین	:	**اعجاز عبید**
صنف	:	فکشن
ناشر	:	تعمیر پبلی کیشنز (حیدرآباد، انڈیا)
سالِ اشاعت	:	۲۰۲۴ء
صفحات	:	۴۰
سرورق ڈیزائن	:	تعمیر ویب ڈیزائن

تن پرور اور تن ساز

بیان کیا جاتا ہے خراسان کے رہنے والے دو درویش کافی عرصے سے اکٹھے رہتے تھے۔ ان میں سے ایک صابر و شاکر اور کم خورد و نوش تھا بھوک سے کم کھاتا اور اپنا زیادہ وقت عبادت در یاضت میں گزارتا، دوسرے کی حالت اس سے بالکل مختلف تھی۔ وہ خوب کھاتا اور خوب آرام کرتا۔ زندگی گزارنے کے ان الگ الگ طریقوں کی وجہ سے ایک کمزور ولاغر اور دوسرا خوب فربہ تھا۔

ایک بار دونوں درویش ایک شہر میں پہنچے تو وہاں کی پولیس نے انھیں اس شبہے میں گرفتار کرلیا کہ وہ دشمن کے جاسوس ہیں۔ دونوں کو عدالت میں پیش کیا گیا۔ اور حاکم نے سرسری طور پر مقدمہ سننے کے بعد دونوں کو مجرم قرار دے کر جیل خانے بجھوادیا اور حکم دیا کہ ایک کوٹھڑی میں دونوں کو بند کر کے اس کا دروازہ اینٹوں سے چن دیا جائے۔

حاکم کے حکم کے مطابق دونوں درویشوں کو کال کوٹھڑی میں بند کر دیا گیا۔ لیکن پھر کچھ ایسا ہوا کہ حاکم کو ان کے حالات پر دوبارہ غور کرنے کا یاد آیا اور جب پوری طرح تحقیق کی گئی تو معلوم ہوا کہ دونوں درویش بے گناہ ہیں۔ چنانچہ انھیں

آزاد کر دینے کا حکم جاری ہو گیا۔

کال کوٹھڑی کا دروازہ کھولا گیا تو لوگ یہ دیکھ کر حیران رہ گئے کہ پتلا دبلا کمزور درویش زندہ تھا لیکن موٹا تازہ دنیا سے کوچ کر چکا تھا۔

اگر عادت ہو سختی جھیلنے کی
تو کمزوری میں بھی رہتی ہے ہمت
مگر تن پرور و پرخوار انساں
نہیں سہہ سکتا اک لمحے کی زحمت

وضاحت

حضرت سعدیؒ نے اس حکایت میں سخت کوشی کی زندگی بسر کرنے کے فائدے سے بیان کیے ہیں یہ ایک تاریخی سچائی ہے کہ جب تک کسی قوم کے افراد سخت کوش اور جفاکش رہتے ہیں ان میں شجاعت اور اولی العزمی باقی رہتی ہے اور وہ زندگی کے ہر میدان میں فتح مندیاں حاصل کرتے ہیں۔ لیکن وہی اعلیٰ وافضل لوگ بندہ حرص بن جاتے ہیں۔ تو غیر محسوس طور پر ان کی ساری توانائیاں ختم ہو جاتی ہیں قرآن مجید میں ایسے لوگوں کو گھن کھائی ہوئی لکڑی سے تشبیہ دی گئی ہے۔

***

زخمی درویش

بیان کیا جاتا ہے، ایک درویش سمندر کے کنارے اس حالت میں زندگی گزار رہا تھا کہ اس کے جسم پر چیتے کے ناخنوں کا لگا ہوا ایک زخم ناسور بن چکا تھا۔ اس ناسور کی وجہ سے درویش بہت تکلیف میں مبتلا تھا۔ مگر اس حالت میں بھی وہ اللہ کا شکر ادا کر رہا تھا۔ اس سے سوال کیا گیا کہ اے مرد خدا! یہ شکر کرنے کا کون سا موقع ہے؟ درویش نے جواب دیا، میں اس بات کا شکر ادا کرتا ہوں کہ مصیبت میں مبتلا ہوں معصیت میں نہیں۔ تو نے سنا نہیں کہ اللہ والے گناہ کے مقابلے میں مصائب کو پسند کرتے ہیں۔ جب عزیز مصر کی بیوی زلیخا نے حضر یوسف علیہ السلام کو انھیں جیل خانے میں ڈلوا دینے کی دھمکی دی تو انھوں نے فرمایا تھا کہ اے اللہ، مجھے قید کی مصیبت اس گناہ کے مقابلے میں قبول ہے جس کی طرف مجھے بلایا جا رہا ہے۔ درویش نے مزید کہ اللہ والوں کا حال تو یہ ہوتا ہے کہ وہ ہر حالت میں اپنے رب کو راضی رکھنے کی تمنا کرتے ہیں۔

مجھے قتل کرنے کا دیں حکم اگر
نہ ہو گا مجھے اپنی جاں کا ملال
میں سوچوں گا کیوں مجھ سے ناراض ہیں
ستائے گا ہر وقت بس یہ خیال

وضاحت

اس حکایت میں حضرت سعدیؒ نے انسان کے اس بلند مرتبے کا حال بیان کیا ہے جب وہ ہر بات کو من جانب اللہ خیال کرتا ہے اور ہر وقت اس خیال میں رہتا ہے کہ میرا خدا مجھ سے کس طرح راضی ہو گا، یہی وہ روحانی منزل ہے جب انسان کو سچا اطمینان اور سچی راحت حاصل ہوتی ہے۔ اور وہ خوف اور غم سے پاک ہو جاتا ہے۔

***

ظالم وزیر کا انجام

کہتے ہیں، ایک بادشاہ کا وزیر بہت لالچی اور سنگ دل تھا۔ اس کا خیال تھا کہ اگر بادشاہ کو خوش رکھا جائے تو ہر طرحؒ کے نقصان سے بچا رہوں گا چنانچہ اپنے اس خیال کی بنا پر وہ رعایا کو حق ناحق ستاتا اور لوٹتا تھا اور سونا چاندی اکٹھا کر کے بادشاہ کا خزانہ بھرتا رہتا تھا۔

بزرگوں نے کہا ہے کہ جو شخص سچے خدا کو چھوڑ کر کسی اور کو اپنا خدا بنا لے، خدا اسے اسکے ہاتھوں سزا دلواتا ہے۔ اس وزیر بے تدبیر کے ساتھ بھی کچھ ایسا ہی معاملہ ہوا۔ اتفاق سے بادشاہ کو اسکی کسی غلطی بارے پتا چل گیا اور وہ اس سے اس قدر ناراض ہوا کہ اسے شکنجے میں کسوا کر ہلاک کروا دیا۔

اگر وہ یہ بات سمجھ لیتا تو اس انجام کو نہ پہنچتا کہ بادشاہ کو خوش کرنے کی سب سے اچھی تدبیر یہ ہے کہ غریب رعایا کو خوش کیا جائے اگر کوئی یہ چاہتا ہے کہ خدا اس سے راضی ہو جائے تو اسے چاہیے کہ خلق خدا کو خوش کرے۔

جس وقت ظالم وزیر کو سزا دی جا رہی تھی، ایک شخص اس طرف سے گزرا جسے اس نے ستایا تھا اس نے اسے اس حال میں دیکھا تو کہا۔

جو ستاتا ہے غریبوں کو برا کرتا ہے
ظلم کی شاخ کو بد بخت ہرا کرتا ہے
کوئی چاہیے تو نگل سکتا ہے ہڈی لیکن
معدہ اس فعل سے انساں کا پھٹا کرتا ہے

وضاحت

حضرت سعدیؒ نے اس حکایت میں مشرک کے انجام کی طرف اشارہ کیا ہے۔ مخلوق میں سے کسی کو خدائی صفات کا حامل سمجھ لیا جائے تو ظلم عظیم ہے۔ ایسا شخص دائمی جہنم کا مستحق بن جاتا ہے۔ اور دنیا میں بھی ذلیل و خوار ہوتا ہے، جیا کہ ظلام وزیر اس بادشاہ کے ہاتھوں تباہ ہوا جسے خوش کرنے کے لیے وہ غریبوں کو ستاتا اور لوٹتا تھا۔

***

بد آواز خطیب

بیان کیا جاتا ہے۔ ایک خطیب بہت بد آواز تھا اور مزے کی بات یہ تھی کہ وہ اپنے آپ کو بہت خوش آواز سمجھتا تھا، چنانچہ اپنی اس غلط فہمی کی بنا پر خوب چلا چلا کر خطبہ دیا کرتا تھا۔ لوگ اس کا چیخنا چلانا سن سن کر تنگ آ چکے تھے لیکن اس کو کچھ پروانہ تھی۔ وہ تو اپنی طرف سے بستی والوں پر احسان کرتا تھا۔

اتفاق سے ایک دن خطیب کے گھر ایک ایسا شخص مہمان بن کر آیا جو منہ پر تو اسے اچھا کہتا تھا لیکن در پردہ اس کا برا چاہتا تھا۔ اس مہمان کو خطیب کے حالات معلوم ہوئے تو ایک دن کہنے لگا، آج رات میں نے خواب میں دیکھا کہ آپ کی آواز بہت اچھی ہو گئی ہے۔ آپ خطبہ دے رہے ہیں۔ اور سننے والے خوش ہو رہے ہیں۔ مہمان کی یہ بات سن کر خطیب نے اس پر غور کیا اور یہ بات اس کی سمجھ میں آگئی کہ میر آواز بہت خراب ہے جس کی وجہ سے بستی کے لوگ پریشانی محسوس کرتے ہیں۔ اس نے اپنے دل میں پکا ارادہ کر لیا کہ آیندہ کبھی اونچی آواز میں خطبہ نہ دوں گا اور یوں بستی والوں کی پریشانی کا خاتمہ ہو گیا۔

جس قدر بھی ممکن ہے تو خوشامدی سے بچ
یہ خوشامدی پٹھو دوست ہے نہ بھائی ہے
حق دوستی یہ ہے عیب سے کرے آگاہ

عیب کو ہنر کہنا سخت بے وفائی ہے۔

وضاحت

حضرت سعدیؒ نے اس حکایت میں یہ بات بتائی ہے کہ اپنے عیوب اور اپنی خوبیوں کا بالکل درست اندازہ کر لینا انسان کی بہت بڑی سعادت ہے ایسا شخص دشمن کی ایسی بات سے بھی اچھا نتیجہ اخذ کر لیتا ہے جو اس کا دل دکھانے کے لیے کہی گئی ہو۔

* * *

بد آواز قاری

بیان کیا جاتا ہے، ایک ایسا شخص جس کی آواز اچھی نہ تھی بہت بلند آواز میں قرآن مجید کی تلاوت کیا کرتا تھا۔ ایک دن ایک دانشمند شخص اس طرف سے گزرا تو اس نے پوچھا، بھائی! تجھے اس کام کا کیا معاوضہ ملتا ہے۔؟ اس نے جواب دیا، کچھ بھی نہیں۔ دانشمند نے کہا، پھر اس قدر مشقت کیوں اٹھاتا ہے؟ وہ بولا، خدا کے لے پڑھتا ہوں۔ دانشمند نے کہا، خدا کے لیے مت پڑھا کر

تو اسی صورت سے گر پڑھتا رہا قرآن پاک
دیکھ لینا رونق اسلام کم ہو جائے گی

وضاحت

اس حکایت حضرت سعدیؒ نے اس طرف توجہ دلائی ہے کہ نیکی اور بھلائی کے کاموں میں بھی شائستگی اور احسن طریقے کر اپنانا ضروری ہے۔ مخاطب پر ایسے ہی انداز کا خوشگوار اثر ہوتا ہے۔ بصورت دیگر اصلاح پر آمادہ لوگ بھی بدک جاتے ہیں اور ان کی طبیعت اپنے حال میں مست رہنے کی طرف مائل ہو جاتی ہے۔ دین کو مشکل بنا کر پیش کرنا بھی اسی نوعیت کی بات ہے۔ ایسا کرنے سے اسلام کی رونق زیادہ نہیں کم ہو جاتی ہے۔

***

بہترین تدبیر

بیان کیا جاتا ہے، کسی نے ایک عالم سے پوچھا کہ یہ بتائیے ایک جوان صحت مند آدمی ایک خوبصورت عورت کے ساتھ ایسے مکان میں ہو جس میں ان دونوں کے سوا کوئی نہ ہو مانہ اسے یہ خوف ہو کہ کوئی اسے گناہ سے روکے گا اور نہ یہ ڈر ہو کہ اس کا گناہ ظاہر ہو جائے گا، تو کیا ایسی حالت میں وہ گناہ سے بچ سکتا ہے۔

عالم نے جواب دیا، ہاں بچ سکتا ہے۔ لیکن خلق خدا کی الزام تراشی سے نہیں بچ سکتا ہے۔

یہ ناممکن نہیں انساں کے شر سے بچ سکے انساں
مگر بدخواہ انسانوں سے بچنا غیر ممکن ہے

وضاحت

اس حکایت میں حضرت سعدیؒ نے یہ زریں نکتہ بیان کیا ہے کہ جس طرح گناہ سے سخت نفرت کرنا اور خود پاک رکھنے کی کوشش ضروری ہے، بالکل اسی طرح ایسے مقامات سے بھی دور رہنا چاہیے جہاں گناہ ہو جانے کا احتمال ہو۔ انسان اپنی نیک نفسی کے باعث پاک بھی رہے، پھر بھی لوگ طرح طرح کی باتیں بنائیں گے اور شک کا اظہار کریں گے۔

***

بے ہنر پہلوان

بیان کیا جاتا ہے، ایک پہلوان اپنی شہ زوری کے باوجود مفلسی کا شکار تھا۔ اپنے وطن میں باعزت روزی حاصل کرنے میں اسے ناکامی ہوئی تو ایک دن اس نے اپنے باپ سے پردیس جانے کی اجازت مانگی۔ باپ نے اسے سمجھایا کہ صرف طاقتور ہونا ایسی بات نہیں ہے جس کے باعث تو پردیس میں کامیابی حاصل کر سکے۔ پانچ افراد ایسے ہیں۔ جنھیں سفر راس آتا ہے۔ ایک امیر کبیر سوداگر۔ دوسرا خوش آواز مغنی

تیسرا عالم۔ چوتھا خوب رو اور پانچواں وہ شخص جو کوئی ہنر جانتا ہو۔

پہلوان نے باپ کی نصیحت کو بے دلی سے سنا اس نے سفر کرنے کے فوائد بیان کیے، اپنی مجبوریوں اور محرومیوں کا حال سنایا اور دعا کرتے رہنے کی درخواست کر کے روانہ ہو گیا۔

چلتے چلتے یہ پہلوان ایک بڑے دریا کے کنارے پہنچا۔ دوسری طرف جانے والے مسافر کرایہ ادا کر کے کشتی میں سوار ہو رہے تھے۔ مفلس پہلوان نے خوشامد اور ملاحوں کی تعریف کر کے کشتی میں سوار ہونا چاہا لیکن وہ مفت کا بوجھ کشتی پر لادنے کے لیے راضی نہ ہوئے اور اسے کنارے پر چھوڑ کر لنگر اٹھا دیا۔

کشتی زیادہ دور نہ گئی تھی کہ پہلوان کے دماغ میں ایک ترکیب آئی۔ اس نے ملاحوں سے کہا، اگر تم مجھے دریا کے پار پہنچا دو تو میں تمھیں اپنی یہ پوشاک دے دوں گا جو پہنے ہوئے ہوں۔ ملاح لالچ میں آ گئے اور کشتی کا رخ موڑ کر کنارے پر لے آئے۔ پہلوان نے آگے بڑھ کر ایک ملاح کا گریبان پکڑ لیا اور پیٹنا شروع کر دیا اس کا ساتھی اسے چھڑانے آیا تو اس کی بھی خوب مرمت کی اور یوں انھیں مجبور کر دیا کہ وہ اسے کشتی میں سوار کر لیں۔

ملاحوں نے پہلوان کو کشتی میں بٹھا تو لیا لیکن اس سے بدلہ لینے کی فکر میں رہے۔ دوسری طرف پہلوان اپنے زعم میں یہ بات بھول گیا کہ اگر کسی کے ساتھ زیادتی کی ہو تو اس سے غافل نہیں ہونا چاہیے۔ موقع ملے تو ایسا شخص بدلہ لیے بغیر

نہیں رہتا چنانچہ اسے اپنی غفلت کا خمیازہ بھگتنا پڑا۔

ہوا یہ کہ کشتی قدیم زمانے کی ایک ٹوٹی پھوٹی عمارت کے قریب سے گزری تو ملاحوں نے چپو روک لیے اور مسافروں سے کہا کہ کشتی میں کچھ خرابی پیدا ہو گئی ہے۔ اگر کوئی شہ زور شخص عمارت کے منارے پر چڑھ کر کشتی کا لنگر تھامے رکھے تو ہم مرمت کر لیں۔

پہلوان نے خیال کیا کہ اپنی شہ زوری دکھانے کا یہ نادر موقع ہے۔ وہ لنگر کا رسا ہاتھ پر لپیٹ کر فوراً منارے پر چڑھ گیا۔ ملاحوں نے جھٹکا مار کر رسا اس کے ہاتھ سے چھڑایا اور کشتی کو تیزی سے آگے لے گئے۔ پہلوان منہ دیکھتا رہ گیا۔

دو دن اور دو راتیں بے چارہ اسی منارے پر بھوکا پیاسا بیٹھا رہا۔ پھر کچھ نقاہت اور کچھ نیند کے غلبے سے دریا میں گر پڑا۔ یہ موت کا سمان تھا۔ لیکن ابھی زندگی باقی تھی۔ دریا کی لہروں نے اچھال کر کنارے پر پھینک دیا اور یوں اس کی جان بچ گئی۔

اللہ پاک کی خاص مہربانی سے پہلوان صاحب ڈوب کر مچھلیوں کی خوراک بننے سے تو بچ گئے لیکن بھوک پیاس اور بے چارگی کا عالم جوں کا توں رہا۔ قدرت نے یہ مسئلہ یوں حل کیا کہ اتفاق سے سوداگروں کا ایک قافلہ ادھر سے گزرا اور اس نے خاص اس جگہ قیام کیا جہاں پہلوان موت اور زندگی کی کشمکش میں مبتلا تھا۔

یہ جگہ ایسی ویران، سنسان تھی کہ قافلے والے ڈاکا پڑنے کے اندیشے میں مبتلا ہو گئے۔ پہلوان نے قرائن سے یہ بات معلوم کر لی اور ان سے کہا کہ "اگر تم لوگ

مجھے اپنے ساتھ لے لو تو میں تمہاری حفاظت کا فرض انجام دوں گا۔ قافلے والوں کو یہ موٹا تازہ شخص اس کام کے لیے موزوں نظر آیا۔ چنانچہ انھوں نے اسے ساتھ لے لی اس کی معقول تنخواہ مقرر کر دی اور کھانے پینے کو عمدہ عمدہ چیزیں دیں

پہلوان نے خیال کیا کہ قدرت مہربان ہوئی اور اس کی بے روز گاری کا مسئلہ ہمیشہ کے لیے حل ہو گیا۔ لیکن یہ قافلہ جب اگلے پڑاؤ پر رکا تو ایک بوڑھے سوداگر نے اپنے ساتھیوں سے کہا کہ بھائیو! مجھے تو یہ شخص ڈاکوؤں کا ہمراہی لگتا ہے۔ لازمی طور پر یہ اس لیے ہمارے ساتھ ہوا کہ موقع پاتے ہی اپنے ساتھیوں کو بلا لے اور وہ ہمارا سامان لوٹ کر لے جائیں۔

جس وقت بوڑھا سوداگر یہ باتیں کر رہا تھا، پہلوان غفلت کی نیند سویا ہوا تھا، قافلے والوں نے اپنے بزرگ کی رائے کو درست قرار دیا اور اپنا سامان سمیٹ کر روانہ ہو گئے۔ پہلوان دوسرے دن اس وقت بیدار ہوا جب مصیبت کا آفتاب سوا نیزہ بلند ہو چکا تھا۔

اب وہ پھر پہلی سی پریشانی کا شکار تھا۔ بلکہ اس سے بھی کچھ زیادہ مصیبت میں گھر گیا تھا۔ اسے اب یہ بھی معلوم نہ تھا کہ اپنے وطن سے کتنی دور اور کس علاقے کے دشت غربت میں ہے۔ لیکن زندگی باقی ہو تو غیب سے سامان پیدا ہو جاتا ہے اس بار پہلوان کی جان اس طرح بچی کہ ایک شہزادہ شکار کھیلتا ہوا اس طرف آنکلا اور اس کی پریشانیوں سے آگاہ ہو کر انعام واکرام سے اس کی دلجوئی کی اور اپنے لشکر کا

ایک آدمی اس کے ساتھ بھیج دیا کہ اسے اس کے وطن پہنچا دے اور یوں پہلوان صاحب جان بچی سو لاکھوں پائے خیر سے بدھو گھر کو آئے کے مصداق اپنے وطن پہنچے۔

باپ سے ملاقات ہوئی تو اس نے اپنی نصیحت یاد دلائی لیکن چونکہ شہزادے کی مہربانی سے پہلوان کے پلے میں تھوڑی بہت پونجی تھی اس لیے اس نے ڈینگ ماری کہ میں ناکام نہیں کامیاب لوٹا ہوں۔

باپ نے کہا بیٹے! تیری یہ کامیابی محض حسن اتفاق ہے ہمیشہ ایسا نہیں ہوتا۔ پردیس میں انسان کا اصل جوہر ہی کام آتا ہے۔ پھر اس نے ایران کے بادشاہ کا ذکر کر کے یہ قصہ سنایا۔

بیٹے! تو نے سنا ہو گا کہ ایران کا ایک بادشاہ جس کے پاس بہت ہی قیمتی نگینے والی ایک انگوٹھی تھی، ایک باسیر کے لیے نکلا تو اس نے عضد الدولہ کے مقبرے کے گنبد سے وہ انگوٹھی لٹکا دی اور اپنے ہمراہیوں سے کہا کہ جو شخص اس انگوٹھی میں سے تیر گزار دے گا اسے انعام و کرام کے علاوہ یہ انگوٹھی بخش دی جائے گی۔

لشکر میں نامی گرامی تیر انداز موجود تھے۔ سب نے اپنی سی کر دیکھی لیکن کسی کا تیر بھی انگشتری میں سے نہ گزرا۔ ذرا فاصلے پر ایک بچہ تیر کمان سے کھیل رہا تھا۔ اس نے جو شرفا کو نشانہ بازی کرتے دیکھا تو یونہی تفریح کے طور پر نشانہ باندھ کر تیر چلایا اور اس کا تیر انگوٹھی میں سے گزر گیا۔ سوائے پسر، اس کامیابی کو پانی

کامیابی خیال نہ کر۔

کبھی اک مرد دانا بھی غلط بیر کرتا ہے نہ
کام آتا ہے علم اس کا نہ کام آتی ہے عقل اس کی
کبھی ایک طفل ناداں پیش کرتا ہے ہنر ایسا
کہ کر سکتے نہیں وہ کام مل کر سارے دانا بھی

وضاحت

حضرت سعدیؒ نے گلستاں کی اس طویل حکایت میں یہ سبق دیا ہے کہ خدا کی عطا کردہ کسی خاص سفت یا علم و ہنر کے بغیر سچی کامیابی ممکن نہیں انھوں نے صرف طاقت اور ہونے کو رد کر دیا ہے اور یہ ایک ایسا لطیف نکتہ ہے کہ اگر اسے زندگی کے تمام پہلوؤں پر پھیلا دیا جائے تو غلط نہ ہو گا۔ صرف طاقت کو کامیابی کی ضمانت خیال کرنا دراصل ایک وحشیانہ اور جاہلانہ نظریہ ہے۔

***

بیٹے کی تمنا

حضرت سعدیؒ بیان فرماتے ہیں کہ میں دیار بکر میں ایک امیر آدمی کے گھر مہمان تھا۔ مال و دولت کے علاوہ خدا نے اس شخص کو ایک خوبرو بیٹا بھی دیا تھا ایک

رات وہ شخص مجھ سے کہنے لگا کہ سعدیؒ، شاید تمھیں یہ معلوم نہیں ہے کہ میرے گھر یہ بیٹا ایک مدت کی دعاؤں اور تمناؤں کے بعد پیدا ہوا ہے۔ فلاں مقام پر ایک بابرکت درخت ہے لوگ۔ اس درخت کے قریب جا کر دعائیں مانگتے ہیں اور ان کی مرادیں مل جاتی ہیں۔ میں نے اس بابرکت درخت کے پاس جا کر دعا مانگی اور اللہ نے میر مراد پوری کر دی

سعدیؒ فرماتے ہیں کہ جس وقت امیر باپ اپنے بیٹے کے بارے میں یہ باتیں کر رہا تھا بیٹا اپنے دوستوں کی محفل میں بیٹھا ہوا یہ کہ رہا تھا۔ کہ اے کاش !مجھے معلوم ہو جائے کہ وہ بابرکت درخت کس جگہ ہے۔ میں آج ہی وہاں جاؤں اور یہ دعا مانگوں کہ میرا باپ جلد مر جائے تاکہ سارا مال اور جائیداد میرے قبضے میں آئے۔

گزر جاتی ہے مدت تجھ سے اتنا بھی نہیں ہوتا
سمجھ لے تیرا بیٹا بھی یونہی اغماض برتے گا
کہ اپنے باپ کی تربت پہ بہر فاتحہ جائے
یہی قانون قدرت ہے کہ جو بوئے دی پائے

وضاحت

حضرت سعدیؒ نے اس حکایت میں انسانی زندگی کے المیے کے طرف اشارہ کیا ہے کہ جس اولاد کے لیے انسان اتنے پاپڑ بیلتا ہے اور رنگارنگ تمنائیں سینے میں

بستا ہے وہ اس کی ذات کے مقابلے میں اس کے مال کو زیادہ عزیز رکھتی ہے اور بالعموم یہ تمنا کرتی ہے کہ بڑے میاں کل کی جگہ آج ہی دنیا سے سدھار جائیں تا کہ اسے کھل کھیلنے کا موقع ملے۔ اس حکایت میں اولاد کے لیے یہ سبق ہے کہ آج جیسا سلوک وہ اپنے ماں باپ سے کر رہے ہیں، کل ویسا ہی سلوک ان کی اولاد ان کے ساتھ کرے گی۔

***

برا ہمسایہ

حضرت سعدیؒ بیان کرتے ہیں۔ ایک بار میں نے ایک مکان خریدنے کا ارادہ کیا۔ اس سلسلے میں بات چیت ہو رہی تھی کہ ایک یہودی مجھ سے ملا اور کہنے لگا آپ وہ مکان ضرور خرید لیں۔ میں اسی محلے میں بلکہ اس مکان کے بالکل پاس والے مکان میں رہتا ہوں۔ اس میں کوئی عیب نہیں ہے۔ یہودی کی بات سن کر میں نے کہا کہ ہاں، کوئی عیب نہیں سوائے اس عیب کے کہ تو اس کا ہمسایہ ہے۔

بات تو جس گھر کی کرتا ہے نہیں کچھ اس میں عیب
ہاں مگر ایک عیب یہ ہے اس کا ہمسایہ ہے تو
جس کی تاریکی سوا ہوتی ہے وہ سایہ ہے تو

وضاحت

اس حکایت میں حضرت سعدیؒ نے یہودی سے انتہائی کراہت ظاہر کی ہے جو یقیناً ان کے مشاہدے اور تجربے پر مبنی ہے۔ انسانی نسل کی موجودہ تاریخ میں ہم یہ بات نمایاں طور پر دیکھتے ہیں کہ دنیا کے تمام دانشوروں نے اس قوم سے انتہائی نفرت ظاہر کی ہے۔ یہ نفرت دراصل کسی تعصب کی وجہ سے نہیں بلکہ اس فلسفہ زندگی کے باعث ہے جو اس قوم نے اپنا رکھا ہے۔ اگرچہ یہود نسلی طور پر حضرت یعقوبؑ اور حضرت موسیٰ علیہ السلام جیسے جلیل القدر پیغمبروں سے ہم رشتہ ہیں لیکن انھوں نے اپنے مذہب اور اپنے کلچر کو کچھ اس طرح مسخ کر لیا ہے کہ پیغمبروں کی تعلیمات سے ان کا ادنی سا رشتہ بھی باقی نہیں رہا۔ روپیہ ان کا دین ایمان ہے اور روپے سے ان کی محبت نے قریب قریب پوری دنیا کو جہنم کی بھٹی بنا دیا ہے۔ وہ کسی حیلے اور کسی فریب کو برا نہیں جانتے اور نہ بڑی سے بڑی سفا کی سے خود کو روکتے ہیں۔

* * *

بوڑھا شوہر

بیان کیا جاتا ہے، ایک بوڑھے آدمی نے نوجوان لڑکی سے شادی کر لی۔ اس نے اپنی اس بیوی کے رہنے سہنے کا بہت اچھا انتظام کیا۔ شاندار سجا ہوا مکان رہنے

کے لیے دیا۔ اس کے لیے عمدہ کھانے پکواتا اور اس کے پاس بیٹھ کر گھنٹوں میٹھی میٹھی باتیں کرتا اور اسے یہ سمجھاتا کہ جوان آدمی کے مقابلے میں بوڑھا آدمی بہت اچھا شوہر ثابت ہوتا ہے۔ اس کا خیال تھا کہ ان باتوں سے اس کی بیوی خوش ہوتی ہو گی لیکن ایسا نہ تھا وہ عورت ہر وقت غمگین رہتی تھی۔

ایک دن بوڑھے نے اس کے آزردہ رہنے کی وجہ پوچھی اور بوڑھے شوہر کی خوبیاں بیان کرنی شروع کیں تو بیوی نے صاف لفظوں میں اسے بتا دیا کہ وہ اس زندگی سے مطمئن نہیں ہے۔ اس نے کہا کہ کسی جوان عورت کی شادی بوڑھے آدمی سے ہو جانے کے مقابلے میں یہ بات کہیں اچھی ہے کہ عورت کو پہلو میں تیر لگے اور وہ ہلاک ہو جائے۔

بوڑھا سمجھ گیا کہ وہ اپنی بیوی کو خوش نہ رکھ سکے گا۔ چنانچہ اس نے اسے طلاق دے دی اور جب عدت کا زمانہ ختم ہو گیا تو عورت کی شادی ایک غریب مگر اکھڑ مزاج نوجوان کے ساتھ کر دی گئی، جو اسے جھڑکتا تھا اور مارتا تھا۔ لیکن وہ اپنے اس شوہر کے ساتھ خوش رہتی تھی۔

جو عورت مرد کے پہلو سے خوش ہو کر نہ اٹھے گی
ہمیشہ اس کے گھر میں تلخی گفتار پاؤ گے
جو ناہموار ہو گی عمر بیوی اور شوہر کی
گھریلو زندگی کو ان کے ناہموار پاؤ گے

وضاحت

حضرت سعدیؒ نے اس حکایت میں یہ سبق دیا ہے کہ جو بوڑھے ہوس پوری کونے کے لے جوان عورتوں سے شادی کر لیتے ہیں وہ نہ صرف ان عورتوں کے ساتھ بلکہ خود اپنے ساتھ بھی ظلم کرتے ہیں۔ ان کی گھریلو زندگی ہر گز خوشگوار نہیں ہو سکتی۔

***

چیونٹی کے پر

بیان کیا جاتا، ایک شخص اس قدر مفلس اور نادار تھا کہ تن ڈھانکنے کے لیے اس کے پاس کپڑے کا ایک ٹکڑا بھی نہ تھا۔ وہ اپنا جسم ریت میں چھپانے رکھتا تھا۔ ایک دن اتفاق سے وقت کے پیغمبر حضرت موسیٰ علیہ السلام اس طرف سے گزر سے تو اس شخص نے درخواست کی کہ یا حضرت میرے لیے اللہ پاک سے دعا فرمایئے کہ وہ میری غربت دور فرما دے حضرت موسیٰ علیہ السلام کو اس پر رحم آگیا۔ آپ نے اس کے حق میں دعا فرمائی اور اللہ رب العزت نے چند دنوں ہی میں اس کی غربت کو خوشحالی میں بدل دیا۔

اس واقعے کے کچھ عرصے بعد حضرت موسیٰ علیہ السلام اس طرف گزر سے تو آپ نے دیکھا کہ اس شخص کو لوگوں نے پکڑ رکھا ہے اور اسے برا بھلا کہہ رہے ہیں۔

حضرت فوراً وہاں پہنچے اور لوگوں پوچھا کہ تم اسے کیوں ستا رہے ہو، کیا اس نے کوئی خطا کی ہے؟

لوگوں نے جواب دیا، یہ بہت خراب اور آوارہ آدمی ہے۔ پہلے تو شراب پی کر غل غپاڑا ہی کرتا تھا۔ آج اس نے ایک بے گناہ عورت کو قتل کر دیا۔ اب اسے قاضی کے پاس لے جائیں گے اروہ اس کے اس سنگین جرم کی سزا دے گا۔

لوگوں نے بتایا کہ جب سے خوشحالی ہوا، لوگوں کے لیے مصیبت بن گیا۔ تھا اس کی خوشحالی اس کے لیے عذاب ثابت ہوئی۔ کم ظرف کو طاقت حاصل ہوتی ہے تو وہ ایسا ہی کرتا ہے۔ خدا نے سب کی حالت ایک جیسی نہیں رکھی یہ عین حکمت کے مطابق ہے۔

مل جاتا اگر بلی کو اڑنے کا ہنر تو
اک آن میں کر دیتی وہ چڑیوں کا صفایا
پا لیتا اگر سینگ گدھا گائے کی مانند
پاس اپنے کسی کو وہ پھٹکنے بھی نہ دیتا

وضاحت

اس حکایت میں حضرت سعدیؒ نے اس فرق کی طرف اشارہ کیا ہے۔ جو کم ظرف اور عالی، شریف اور غیر شریف لوگوں کے مابین دیکھا جاتا ہے۔ کسی کے شریف اور غیر شریف بن جانے کے اسباب خواہ کچھ بھی ہوں اس بات سے انکار

نہیں کیا جا سکتا کہ یہ فرق موجود ہے۔ اسی طرح یہ بھی ناقابل تردید سچائی ہے کہ اگر بد فطرت انسان کسی طرح طاقت حاصل کر لیتا ہے تو وہ دنیا کے لیے عذاب بن جاتا ہے۔

اس سلسلے میں یہ بات خاص طور پر سمجھنے کے قابل ہے کہ اللہ پاک نے جبر سے کسی کو شریف اور کسی کو کمین نہیں بنایا۔ بلکہ یہ دونوں حالتیں انسانوں کے اپنے کیے کی بنا پر ہیں۔ ایک بد فطرت شخص شریف اور بری عادات میں پھنس کر ایک شریف آدمی رذیل بن جاتا ہے۔ بالفاظ دیگر، اگرچہ دنیا کا نظام چلانے کے لیے انسانوں کا مختلف حیثیتوں میں ہونا فطرت کا تقاضا تو ضرور ہے لیکن یہ بات انسانوں کے اپنے اختیار میں ہے کہ وہ زندگی کے سٹیج پر اپنے لیے کون سا کردار پسند کرتے ہیں۔ اور ان کا یہی اختیار انھیں نباتات، جمادات اور حیوانات سے ممتاز کرتا ہے۔

٭٭٭

فقیر کی دولت

بیان کیا جاتا ہے کہ ایک فقیر نے کوڑی کوڑی اکٹھی کر کے کافی مال جمع کر لیا تھا۔ اتفاقاً یہ بات ملک کے بادشاہ کو بھی معلوم ہو گئی۔ اس نے فقیر کو بلوایا اور اس سے کہا کہ جنگی اخراجات کے لیے ان دنوں ہمیں روپے کی بہت ضرورت ہے۔ مناسب ہو گا کہ اپنی جمع پونجی ہمیں دے دو۔ ہم بعد میں ادا کر دیں گے۔

فقیر نے کہا، عالی جاہ! یہ بات کسی طرح بھی مناسب نہیں کہ ملک کا بادشاہ ایک

ایسے فقیر کے مال پر نظر رکھے جس نے در در پھر کر خیرات مانگی ہے۔ بادشاہ نے کہا۔ کوئی بات نہیں تیرا یہ ناپاک مال ہم ناپاک جگہ ہی خرچ کریں گے۔ فقیر پھر بھی مال دینے پر رضامند نہ ہوا۔ اب بادشاہ نے حکم دیا کہ اس کا سارا مال زبردستی چھین لیا جائے۔ چنانچہ ایسا ہی کیا گیا۔

گر نہ نکلے کام نرمی سے تو نازیبا نہیں
ایسے ناداں کو سزا دیجیے ملامت کیجیے
صرف جو کرتا نہیں مال اپنا اپنی ذات پر
لازمی یہ ہے اسے محروم نعمت کیجیے

وضاحت

حضرت سعدیؒ نے اس حکایت میں دو باتیں بیان کی ہیں ایک تو یہ کہ روپیہ جائز طریقے سے حاصل کیا ہوا ہو یا ناجائز طریقے سے، بہر حال اپنی مادی قیمت رکھتا ہے اور کسی برائی کے خاتمے کی کوشش میں مشکوک مال خرچ کرنا خلاف عقل نہیں دوسرے یہ کو جو لوگ مال کو صرف سنبھال کر رکھنے کی چیز سمجھتے ہیں اس سے فائدہ نہیں اٹھاتے ان سے ان کا مال زبردستی چھین لیا جاتا ہے۔

***

حریص سوداگر

حضرت سعدیؒ بیان فرماتے ہیں کہ ایک بار ملک ایران کے جزیرہ کیش میں میری ملاقات ایک مال دار سوداگر سے ہوئی اس کا سامان تجارت چالیس اونٹوں پر لدا ہوا تھا۔

کارواں سرائے میں یہ سوداگر آرام کرنے کے لیے ٹھہرا تو مجھے اپنے ساتھ اپنی کوٹھڑی میں لے گیا اور ساری رات باتوں کا چرخہ چلائے رکھا۔ کبھی کہتا میرا ایسا مال ترکستان میں ہے۔ فلاں شے ہندوستان میں ہے۔ میں نے اتنی زمین اسکندریہ میں خریدی ہے اور فلاں شخص کو اپنا وکیل مقرر کیا ہے۔

پھر بولا، اے سعدی ان دنوں تو مغربی سمندروں میں طوفان ہے۔ موسم ٹھیک ہو گا تو میں اپنی زندگی میں بس ایک سفر اور کروں گا۔ اس کے بعد اطمینان سے اپنی دکان پر بیٹھ جاؤں گا اور باقی عمر یاد خدا میں گزار دوں گا۔

میں نے پوچھا۔ وہ کون سا سفر ہے جس کا تو نے ارادہ کر رکھا ہے؟ اس نے جواب دیا، میں ایران کی گندھک چین لے جاؤں گا۔ وہاں سے چینی کے برتن خرید کر روم پہنچاؤں گا۔ روم کا ریشہ ہندوستان اور ہندوستان کا کوئلا حلب لے جانے کا ارادہ ہے۔ حلب کا شیشہ یمن اور یمن کی چادریں ایران میں فروخت کروں گا

اس حریص سوداگر کے لیے لمبے چوڑے ارادے سن کر میں تو حیراں رہ گیا سچ ہے۔

مال کتنا بھی ملے ہوتا نہیں یہ مطمئن
اپنی محرومی کا سوتے جاگتے کرتا ہے شور

کچھ بھی کر لیں چشم دنیادار رہتی ہے حریص
یا قناعت اس کو پر کرتی ہے یا پھر خاص گور

وضاحت

حضرت سعدیؒ نے اس حکایت میں اس سچائی کی طرف اشارہ کیا ہے کہ مال کی حرص میں مبتلا ہو جانے والا شخص کبھی مطمئن نہیں ہوتا۔ اس کی حالت استقسا کے مریض کی سی ہوتی ہے کہ وہ خواہ کتنا بھی پانی پی نے اس کی پیاس نہیں بجھتی۔

***

حسد کی آگ

بیان کرتا ہے کہ ایک سوداگر بچے کو ایک بار تجارت میں کافی گھاٹا ہو گیا اس نے اپنے بیٹے کو پاس بلا کر نصیحت کی کہ اے پسر! اپنے اس نقصان کا حال اپنے دشمنوں پر ظاہر نہ ہونے دینا بیٹے نے سوال کیا، اس میں کیا مصلحت ہے۔ سوداگر نے کہا، مصلحت یہ ہے کہ ہماری مصیبت دوہری نہ ہو جائے۔ ایک تو اپنے مال کا نقصان، دوسرے مخالفوں کا طنز واستہزا ہے۔

تو جو غمگیں ہو تو دشمن سے نہ کر حال بیان
تیرے رونے کو بنائے گا ہنسی کا سامان

وضاحت

حضرت سعدیؒ نے اس حکایت میں انسانی نفسیات کے ایک ایسے پہلو کی طرف توجہ دلائی ہے جس کے زہرناک ہونے سے انکار نہیں کیا جاسکتا، اور وہ یہ ہے کہ کسی کو مصیبت میں مبتلا دیکھ کر مدد کرنے والوں کے مقابلے میں خوش ہونے والوں کی تعداد زیادہ ہوتی ہے۔ ایسے لوگ اظہار ہمدردی بھی ایسے انداز میں کرتے ہیں کہ نقصان اٹھانے والے کی ذہنی اذیت زیادہ ہو جاتی ہے بلبل شیراز کی اس حکایت کا آخری جملہ ضرب المثل بن گیا ہے۔

یکے نقصان مایہ ودگر شماتت ہمسایہ

***

جال میں مچھلی

بیان کیا جاتا ہے، ایک مچھیرے نے دریا میں جال ڈالا تو ایک بہت بڑی مچھلی اس کے جال میں پھنس گئی۔ ماہی گیر بہت خوش ہوا۔ لیکن ہوا یہ کہ جب وہ جال کھینچنے لگا تو طاقت ور مچھلی جال گھسیٹ کر لے گئی اور مچھلی ہاتھ آنے کی جگہ وہ بے چارہ جال سے بھی محروم ہو گیا۔

ساتھی ماہی گیر اسے ملامت کرنے لگے کہ خوش قسمتی سے ایسا اچھا شکار تیرے جال میں آیا اور تو نے یونہی گنوا دیا۔ مچھیرے نے کہا، اے بھائیو! اس معاملے میں مجھے ملامت نہ کرو۔ اصل بات یہ ہے کہ میری قسمت میں روزی نہ تھی

اور اس مچھلی کا رزق ابھی پانی میں باقی تھا۔ شکاری کی قسمت میں روزی نہ ہو تو وہ دریائے دجلہ میں شکار نہیں کر سکتا۔ اور مچھلی کی زندگی باقی ہوتا اسے خشکی پر موت نہیں آتی۔

نہر پر آیا تھا پانی کے لیے ایک غلام
جوش طوفاں سے ہوا موت کے پنجے میں اسیر
جان مچھلی کے لیے دام اجل ہے یہ کبھی
لقمہ موج اجل ہوتا ہے خود ماہی گیر

وضاحت

اس حکایت میں حضرت سعدیؒ نے اس حقیقت سے روشناس کرایا ہے کہ انسان بہر حال تقدیر الٰہی کا پابند ہے۔ اگرچہ روزی کا انحصار بظاہر ہماری کوشش پر ہے لیکن اس سلسلے میں سمجھنے کے قابل بات یہ ہے کہ ایسی کوشش کو نتیجہ خیز بنانے کا انحصار اوّل و آخر اللہ پاک کی ذات پر ہے۔ حضرت علی کرم اللہ وجہ کا یہ ارشاد اس طرف اشارہ کرتا ہے:

"میں نے اپنے رب کو اپنے ارادوں کے ٹوٹنے سے پہنچانا"

٭٭٭

جواب جاہلاں

بیان کیا جاتا ہے، یونان کے مشہور حکیم جالینوس نے دیکھا کہ ایک ایسا شخص جسے لوگ دانشمند خیال کرتے تھے، ایک جاہل کے ساتھ لڑ رہا ہے۔ اور برا بھلا کہہ کر اسے خاموش کرنے کی کوشش میں مصروف ہے، یہ حالت دیکھ کر جالینوس نے کہا کہ اگر یہ شخص دانا ہوتا تو اس نادان کے ساتھ ہرگز دست و گریبان نہ ہوتا۔

دو عقل مندوں میں ہو سکتا نہیں جنگ و جدال سامنے ہو جہل تو برداشت ہے عاقل کی ڈھال

کوئی جاہل بدزبانی پر اتر آئے اگر
اہل دانش اس حماقت پر کریں گے در گزر
بال کو بھی لوٹنے دیتے نہیں دو ہوشمند
بے خبر زنجیر کا بھی توڑ دیں گے بند بند
جاہلوں نے گلیاں دیں ایک خوش اطوار کو
ختم اس نے کر دیا یہ کہہ کر اس تکرار کو
دوستو! تم نے مرے بارے میں جو کچھ بھی کہا
منکشف ہے مجھ پہ یہ میں کہوں اس سے بھی برا

وضاحت

اس حکایت میں حضرت سعدیؒ نے علم و عقل کی فضلیت کو ظاہر کرنے اور رفع شر کے لیے نہایت موثر اور آزمودہ اصول بیان کیا ہے۔ جواب جاہلاں باشد خموشی،

داناؤں کا ہمیشہ سے دستور رہا ہے۔ یہ بالکل سمجھ میں آنے والی بات ہے کہ کتا انسانوں کو اکثر کاٹتا ہے۔ لیکن جواب میں انسان کتے کو کبھی نہیں کاٹتا۔

***

جینے کی ہوس

حضرت سعدیؒ بیان کرتے ہیں، دمشق کی جامع مسجد کی سیڑھیوں پر بیٹھا کسی علمی مسئلے پر دوستوں سے گفتگو کر رہا تھا کہ ایک نوجوان آیا اور اس نے پوچھا کہ آپ لوگوں میں سے کوئی شخص فارسی زبان بھی جانتا ہے۔

میں نے سوال کیا، تم یہ بات کیوں پوچھ رہے ہو؟ اس نے کیا، ایک بوڑھا جس کی عمر ڈیڑھ سو سال ہے۔، جاں بلب ہے اور فارسی زبان میں کچھ کہہ رہا ہے۔ ممکن ہے وصیت کر رہا ہو۔ یہ سن کر میں اس کے ساتھ ہو لیا۔ جا کر دیکھا تو ایک بوڑھا مرض الموت میں بڑبڑا رہا تھا۔

تمنا تھی کچھ اور جیتا ابھی
مگر حیف پہنچا پیام اجل
میں بیٹھا ہی تھا عمر کے خوان پر
ہوا حکم اٹھ اور یہاں سے نکل

میں نے بوڑھے کی باتوں کا مطلب سمجھایا تو جوان بہت حیران ہوا کہ اتنی عمر پا کر بھی اس کے دل میں زندہ رہنے کی ہوس ہے۔

بوڑھا بولا، تم اس شخص کی تکلیف سے آگاہ نہیں ہو سکتے جس کا دانت اکھاڑا جا رہا ہو اور نہ اس شخص کی تکلیف کا اندازہ کر سکتے ہو جس کی جان نکل رہی ہو میں نے کہا، اسے بزرگ آپ اپنے روبرو اس موت کا احساس طاری نہ ہونے دیں۔ دیکھا گیا ہے کہ موت کے قریب پہنچ جانے والے صحبت یاب ہو جاتے ہیں آپ کی منشا ہو تو کسی طبیب کو بلایا جائے۔

بوڑھا بولا، طبیب بوڑھے مریض کو دیکھ کر علاج سے ہاتھ اٹھا لیتا ہے۔ اس کی مثال ایسی ہے کہ مالک مکان کوٹھڑیوں کی آرائش کی فکر میں ہے اور سیلاب پشتوں کو کھوکھلا کر رہا ہے۔ ایک بوڑھا نزع کے عالم میں رو رہا تھا اور اس کی بیوی اس کے صندل لگا رہی تھی۔ جب مزاج کا اعتدال قائم نہیں رہتا تو ہر تدبیر ناکام ہو جاتی ہے۔

وضاحت

حضرت سعدیؒ نے اس حکایت میں انسان کی اس کمزوری یا نادانی کی طرف اشارہ کیا ہے کہ خواہ کتنی لمبی عمر بھی پائے زندگی سے اس کی طبیعت سیر نہیں ہوتی۔ اس کے علاوہ اپنے خاص رنگ میں انھوں نے یہ حقیقت بھی بیان کی ہے کہ موت امر رہی ہے جسے ٹالا نہیں جا سکتا۔

***

کنجوس کا مال

بیان کیا جاتا ہے، ایک مال دار سوداگر اس قدر کنجوس تھا کہ حضرت ابو ہریرہ رضی اللہ عنہ کی بلی بھی اس کے گھر آتی تو اسے بھی روٹی کا ایک ٹکڑا نہ ڈالتا اور اگر اصحاب کہف کا کتا بھی آتا تو چچوڑی ہوئی ہڈی اس کے آگے نہ ڈالتا۔ مہانوں کے لیے اس کا دروازہ ہمیشہ بند اور دستر خوان لپٹا ہوا رہتا تھا۔

ایک بار اس نے سامان تجارت جہاز پر لادا اور ملک مصر کی طرف روانہ ہوا۔ غرور سے اس کی گردن یوں اکڑی ہوئی تھی کہ گویا اس زمانے کا فرعون ہو۔ اسے یقین تھا یہ تجارتی سفر اس کے لیے بہت زیادہ نفع رساں ثابت ہو گا لیکن ہوا۔ یہ کہ جب وہ آدھا راستہ طے کر چکا تو سمندر میں طوفان آگیا اور اس بخیل کا جہاز غرق ہو گیا۔ طوفان کے آثار دیکھ کر اس بخیل نے بہت دعائیں مانگیں۔ لیکن دعاؤں سے اسے کچھ فائدہ نہ پہنچا۔ ایسے شخص کی دعا کب قبول ہوتی ہے جس کے ہاتھ مانگنے کے لیے تو خدا کے سامنے پھیل جائیں لیکن کسی کو کچھ دینا پڑتا ہو تو بغلوں میں چھپا لیے جاتے ہوں۔

اس بخیل کا چھوڑا ہوا مال اور جائیداد اس کے ان غریب رشتے داروں کے ہاتھ آئی جنھیں اس نے زندگی میں کبھی نہ پوچھا تھا اور وہ خوب شان و شوکت سے زندگی گزارنے لگے۔

گر خدا نے مال بخشا ہے تو اس کو خرچ کر
خود بھی راحت اس کی پا اوروں کو بھی آرام دے

یاد رکھ اک روز یہ گھر چھوڑنا ہوگا تجھے
جمع جس میں کر رہا ہے سونے چاندی کے ڈلے

وضاحت

حضرت سعدیؒ نے اس حکایت میں بخیلوں کے حسرت ناک انجام سے آگاہ کیا ہے اور وہ بلا شبہ یہ ہے کہ ایک دن موت اچانک انھیں آلتی ہے اور وہ مال جسے انھوں نے بصد دشواری فراہم کیا تھا۔ دوسروں کو مل جاتا ہے جو خوب عیش کرتے ہیں۔

٭٭٭

خوش بخت کسان

بیان کیا جاتا ہے کہ ایک بادشاہ کو شکار کھیلتے ہوئے جنگل میں رات ہو گئی سخت سردی کا موسم تھا۔ اس لیے جستجو ہوئی کہ دات گزارنے کے لیے کوئی مکان مل جائے اتفاق سے ایک کسان کا مکان نظر آیا۔ بادشاہ نے کہا کہ شب گزارنے کے لیے یہ مکاں ناموزوں نہیں۔ لیکن اس کے وزیر نے اتفاق نہ کیا اس نے کہا کہ عالی جاہ، یہ بات کسی طرح بھی مناسب نہیں کہ بادشاہ ایک کسان کا مہمان بنے اور اس سے رات بسر کرنے کی اجازت لے۔ ہمارے لیے بہتر صورت یہی ہے کہ کھلے میدان میں خیمے گاڑ کر آگ روشن کریں اور مشکل کی یہ گھڑی گزار دیں۔

بادشاہ نے اس بات سے اتفاق کیا لیکن کسی طرح کسان کو بھی اس گفتگو سے آگاہی ہو گئی۔ اس نے اپنی حیثیت کے مطابق کھانے پینے کا کچھ سامان لیا اور بادشاہ کی خدمت میں حاضر ہو کر بہت ادب سے بولا، حضور والا کی شان اس بات سے ہر گز کم نہ ہوتی کہ ایک دہقان کے گھر کو اپنے قدموں سے عزت بخشتے لیکن۔ یہ ناچیز اس عنایت سے ضرور سرفراز ہو جاتا۔

بادشاہ نے اس کے خلوص اور ادب کی قدر کی، رات اس کے مکان میں بسر کی اور صبح کے وقت جب اپنے دارالحکومت کی طرف روانہ ہوا تو دیہاتی کو خلعت اور انعام واکرام سے نوازا۔ دیہاتی کی خوشی اور عقیدت قابل دید تھی۔ وہ بادشاہ کے گھوڑے کے ساتھ چل رہا تھا اور کہہ رہا تھا۔

شان کچھ بادشاہ کی نہ گھٹے

وہ اگر مہماں ہو دہقاں کا

ہاں مگر وہ ہو آفتاب نصیب

سایہ اس پر پڑے جو سلطاں کا

وضاحت

حضرت سعدیؒ نے اس حکایت میں یہ بات بتائی ہے کہ ہم مرتبہ لوگوں کے مقابلے میں کم حیثیت لوگوں کے ساتھ معمولی سلوک بھی بہت فائدہ پہنچاتا ہے۔ کیونکہ وہ اسے اپنی خوش نصیبی خیال کر کے زیادہ شکر گزار ہوتے ہیں۔ نیز یہ کہ یہ

بات ذی حیثیت لوگوں کے فرائض میں شامل ہے کہ وہ غریبوں اور کمزوروں کو حقیر جان کر ان سے بے اعتنائی برتیں بلکہ یہ بات تسلیم کریں کہ انسان ہونے کی حیثیت سے وہ بھی بلند درجہ رکھتے ہیں۔

***

شاعر چوروں کی بستی میں

بیان کیا جاتا ہے، ایک شاعر انعام و کرام حاصل کرنے کی توقع لے کر چوروں کے سردار کے پاس گیا۔ اس نے شاعر کا قصیدہ سن کر حکم دیا کہ اس کے کپڑے اتار لو اور بستی سے باہر نکال دو چنانچہ چوروں نے ایسا ہی کیا۔

ننگ دھڑنگ شاعر مکان سے باہر نکلا تو گلی کے کتے بھونکتے ہوئی اس کی طرف لپکے۔ اس نے انھیں ڈرانے کے لیے پتھر اٹھانا چاہا، لیکن برف باری سے پتھر جمے ہوئے تھے۔ یہ حالت دیکھ کر شاعر چلایا، یہ کیسے ظالموں کی بستی ہے کہ انھوں نے کتوں کو کھول رکھا ہے اور پتھروں کو باندھ دیا ہے۔

چوروں کا سردار کھڑکی سے یہ ماجرا دیکھ رہا تھا۔ اس نے شاعر کی یہ بات سنی تو کہا، مجھ سے کچھ مانگ شاعر نے کہا، میرے لیے یہی مہربانی کافی ہے کہ تو میرے کپڑے لوٹا دے۔

انسان کو انساں سے بھلائی کی ہے امید
گر یہ نہیں ممکن تو نہ پہنچا مجھے آزار

٭٭٭

شکر گزار بندہ

حضرت سعدیؒ فرماتے ہیں، میں ہمیشہ اللہ کا شکر گزار بندہ بن کر رہا کبھی ایسا نہ ہوا تھا کہ مصیبت کے زمانے میں میری زبان پر حرف شکایت آیا ہو۔ لیکن ایک بار ایسا ہوا کہ میرے قلب کی یہ حالت بدل گئی۔ بات یہ ہوئی کہ میرا جوتا ٹوٹ گیا اور نیا جوتا خریدنے کے لیے میرے پاس دام نہ تھے۔ ننگے پیر ہو جانے کی وجہ سے میں بہت ملول تھا۔

اس حالت میں کوفے کی مسجد میں گیا تو وہاں میں نے ایک ایسے شخص کو دیکھا جو دونوں پیروں سے محروم تھا۔ اسے دیکھ کر میری زبان پر بے اختیار کلمات شکر آ گئے کہ میرے پیر تو سلامت ہیں یہ بے چارہ تو پیروں سے ہی محروم ہے

شکر کرے ہر حال میں جس کی اچھی ہے تقدیر
ناشکرا ہے غافل۔ جاہل۔ احمق اور نادان
پیٹ بھر کو مرغ مسلم بھی معمولی چیز
بھوک میں گولر بھی لگے ہیں انساں کو پکوان

وضاحت

اس حکایت میں حضرت سعدیؒ نے اخلاق سنوارنے اور مطمئن زندگی

گزارنے کا زریں اصول بتایا ہے اور وہ ہر حال میں شکر گزار بندہ بن کر رہتا ہے۔ کیونکہ انسان کیسی بھی خراب حالت میں ہو، غور کرے گا تو ایسی حالت میں بھی اپنے آپ کو ہزاروں سے بہتر پائے گا۔ ہمارے آقا اور اللہ کے آخری رسول حضرت محمد مصطفٰے صلی اللہ علیہ و آلہٖ وسلم نے اس سلسلے میں کیسی پیاری بات ارشاد فرمائی ہے

"بھلائی کے کاموں میں ان لوگوں کو دیکھا کر جو تم سے کبھی زیادہ اچھے ہیں اور دنیاوی معاملات میں ان لوگوں کی حالت پر غور کرو جو تم سے درجے اور آسائش میں کم ہیں"

***

صحبت ناجنس

بیان کیا جاتا ہے، کسی صیاد نے ایک کوّے اور ایک طوطی کو ایک ہی پنجرے میں بند کر دیا۔ طوطی کے لیے کوّا اور کوّے کے لیے طوطی اجنبی تھے۔ طوطی کوّے کو دیکھتی او دل ہی دل میں کڑھتی کہ تقدیر نے مجھے کس عذاب میں پھنسا دیا۔ یہ موا کالا کلوٹا ہر وقت نگاہوں کے سامنے رہتا ہے۔ اس کی شکل تو ایسی منحوس ہے کہ اگر کسی دیوار پر اس کی تصویر بنی ہو تو کوئی اس کے سائے میں آرام کرنے بھی پسند نہ کرے۔

جو حال طوطی کا تھا، وہی حال کوّے کا بھی تھا۔ وہ ہر وقت اس خیال سے پریشان رہتا تھا کہ کاتب تقدیر نے کس کی ہم نشینی مقدر میں لکھ دی بکواسن ہر وقت

بکواس کرتی رہتی ہے۔ اگر تقدیر میں قید ہونا ہی لکھا تھا تو کوئی خاندانی کوّا ساتھی ہوتا۔ اس کی تو صورت دیکھ کر وحشت ہوتی ہے۔

نیک ہوں یا بد ہوں ناجنسوں میں رہتے میں ملول
صحبت ناجنس سے بڑھ کر نہیں کوئی عذاب
اپنے ہم مسلک کو بخشو ہم نشینی کو شرف
غیر کی محفل میں جا کر حالت ہوتا ہے خراب

وضاحت

اس حکایت میں حضرت سعدی نے یہ نصیحت کی ہے کہ جہاں تک ممکن ہو ہم مسلک اور ہم مشرب لوگوں کے ساتھ میل ملاپ رکھنا چاہیے۔ اسی حکایت میں اس دانا حکیم نے ایک زاہد بلخی مغنیہ کا قصہ بیان کرتے ہوئے بتایا ہے کہ جس طرح ایک پارسا رندوں کی محفل میں پریشان ہوتا ہے اس طرح رند پارساؤں سے وحشت زدہ ہوتے ہیں۔

***